La mariposa bailarina

de Carlos Ruvalcaba
ilustraciones de Francisco X. Mora

ALFAGUARA

Hace ya muchísimos años, miles y miles de hermosas mariposas llegaron a un bosque de Michoacán, en México. Las mariposas volaban perdidas sin saber a dónde ir. Eran tantas que, cuando se posaban en los árboles, las ramas no se podían ver porque estaban completamente cubiertas de mariposas.

Cuando se echaban a volar, formaban una gran nube. Y era tan grande la nube de mariposas que tapaba el sol y oscurecía el bosque.

De entre todas las mariposas, había una que destacaba por su belleza. Su nombre era Lucero.

Desde muy niña, Lucero empezó a bailar. Su madre, que había sido una famosa bailarina, le había enseñado todos los secretos de la danza.

Cuando empezaba a atardecer y las mariposas se preparaban para dormir en las ramas de los árboles, Lucero danzaba para ellas y todas aplaudían la belleza de sus movimientos. Al bailar en el aire, Lucero soñaba que era una estrella que brillaba en el cielo de un hermoso atardecer.

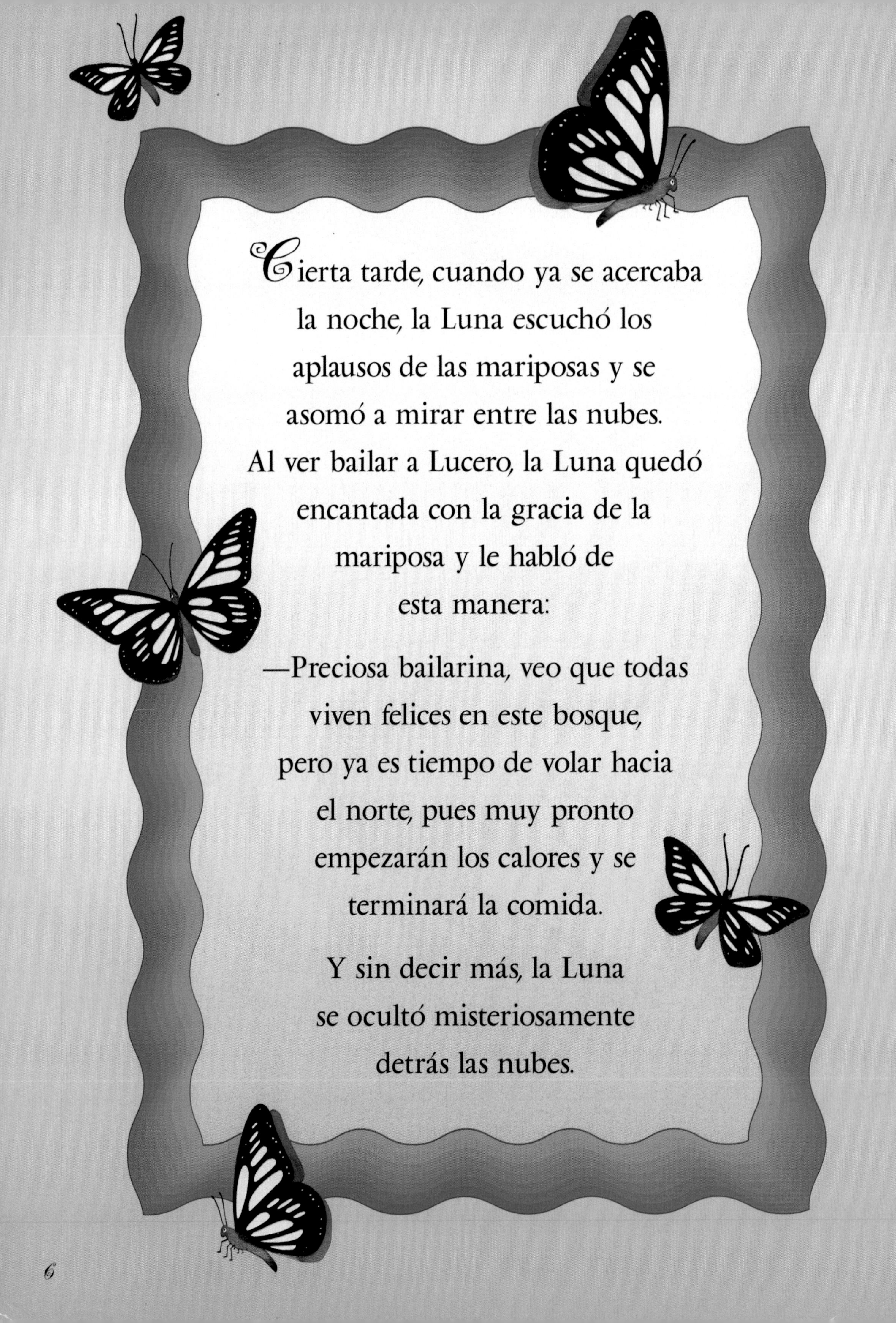

Cierta tarde, cuando ya se acercaba la noche, la Luna escuchó los aplausos de las mariposas y se asomó a mirar entre las nubes. Al ver bailar a Lucero, la Luna quedó encantada con la gracia de la mariposa y le habló de esta manera:

—Preciosa bailarina, veo que todas viven felices en este bosque, pero ya es tiempo de volar hacia el norte, pues muy pronto empezarán los calores y se terminará la comida.

Y sin decir más, la Luna se ocultó misteriosamente detrás las nubes.

Lucero contó a las mariposas
lo que la Luna le dijo; pero ellas,
como estaban tan felices,
no le hicieron caso.

Poco a poco, los días se fueron
haciendo más y más calurosos y
las mariposas comenzaron a
preocuparse porque el calor
las enfermaba y la comida escaseaba.

—Ya se terminó el néctar de
las flores —se quejaron unas.
—Debemos regresar a Canadá
—reconocieron otras.
—Sí, pero ¿por dónde?
—preguntaron las demás.

Y todas callaron sin saber qué contestar.

Una tarde calurosa, mientras Lucero bailaba, la Luna apareció entre las nubes y les dijo:

—Escúchenme con atención. Todas deben irse lo más pronto posible, antes que el calor y el hambre acaben con ustedes.

Lucero respondió:
—Señora Luna, nosotras queremos irnos, pero no conocemos el camino de regreso a los bosques del norte.
—Tú puedes ayudar, Lucero —dijo la Luna.
—Pero... ¿cómo? preguntó Lucero confundida.
—Ven a vivir conmigo —contestó la Luna—. Yo te convertiré en la estrella que siempre has soñado ser y te regalaré siete rayos de luz para que seas la estrella más hermosa de mis noches. Bailando a mi lado, desde lo alto, podrás indicar el camino a las mariposas.

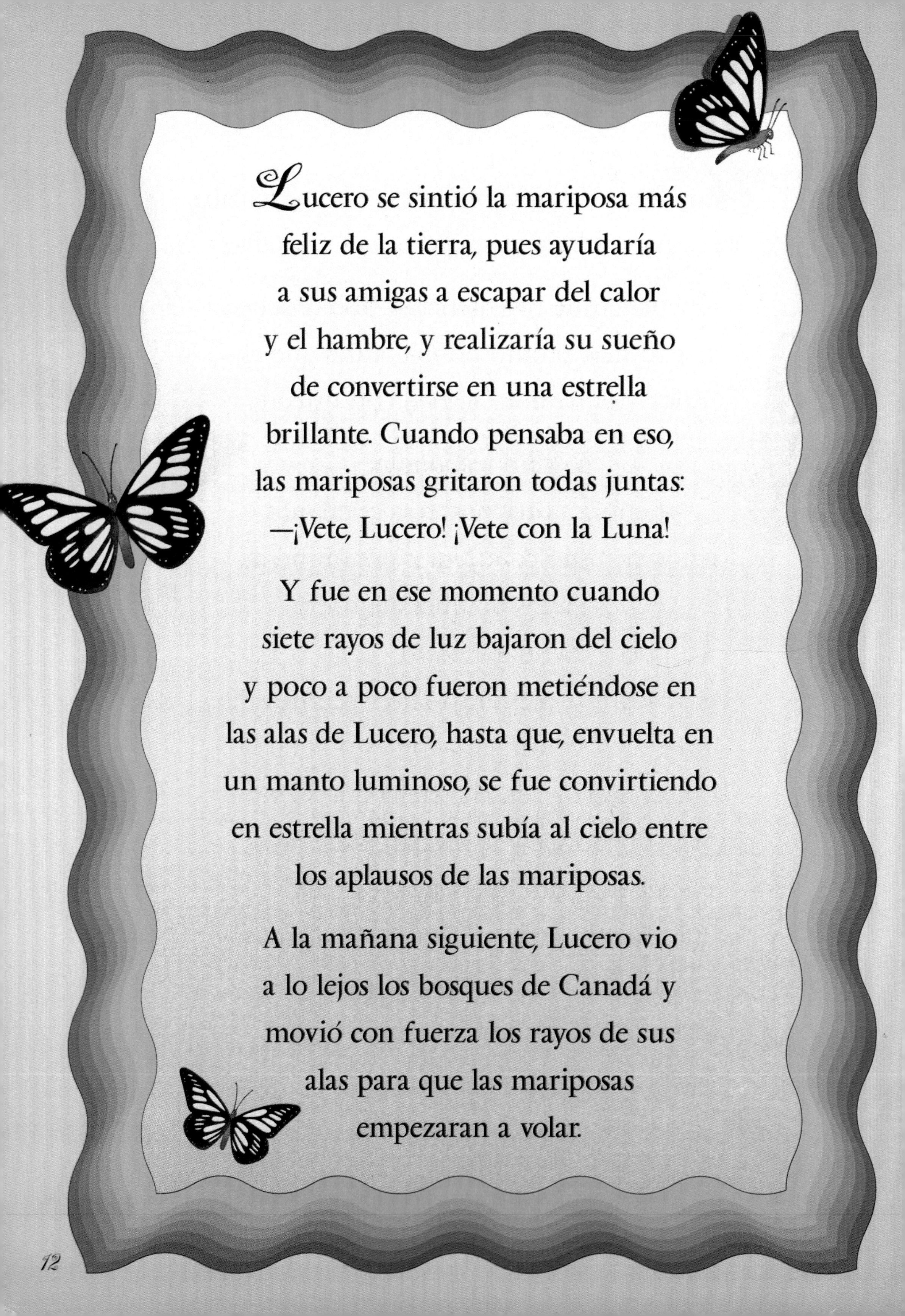

Lucero se sintió la mariposa más feliz de la tierra, pues ayudaría a sus amigas a escapar del calor y el hambre, y realizaría su sueño de convertirse en una estrella brillante. Cuando pensaba en eso, las mariposas gritaron todas juntas:

—¡Vete, Lucero! ¡Vete con la Luna!

Y fue en ese momento cuando siete rayos de luz bajaron del cielo y poco a poco fueron metiéndose en las alas de Lucero, hasta que, envuelta en un manto luminoso, se fue convirtiendo en estrella mientras subía al cielo entre los aplausos de las mariposas.

A la mañana siguiente, Lucero vio a lo lejos los bosques de Canadá y movió con fuerza los rayos de sus alas para que las mariposas empezaran a volar.

Miles y miles de mariposas volaron a un mismo tiempo formando una enorme nube que oscureció el bosque.

Volaron y volaron por lugares cada vez más frescos, y por las noches, cuando descansaban, miraban a Lucero que, bailando en el cielo, les señalaba la dirección que deberían seguir al día siguiente.

Y así volaron y volaron hasta que llegaron a los bosques de Canadá. Ahí revolotearon entre los frescos árboles y se alimentaron con el dulce néctar de las flores.

Las mariposas vivían felices en aquel lugar. Eran tan dichosas que ahí pusieron sus huevos, de donde nacieron miles de orugas. Luego, los gusanitos tejieron capullos para dormirse adentro, colgados de las ramas de los árboles.

Y así, algún tiempo después, las orugas salieron de sus capullos y, ¡qué sopresa se llevaron! cuando vieron que se habían convertido en bellas mariposas que podían volar.

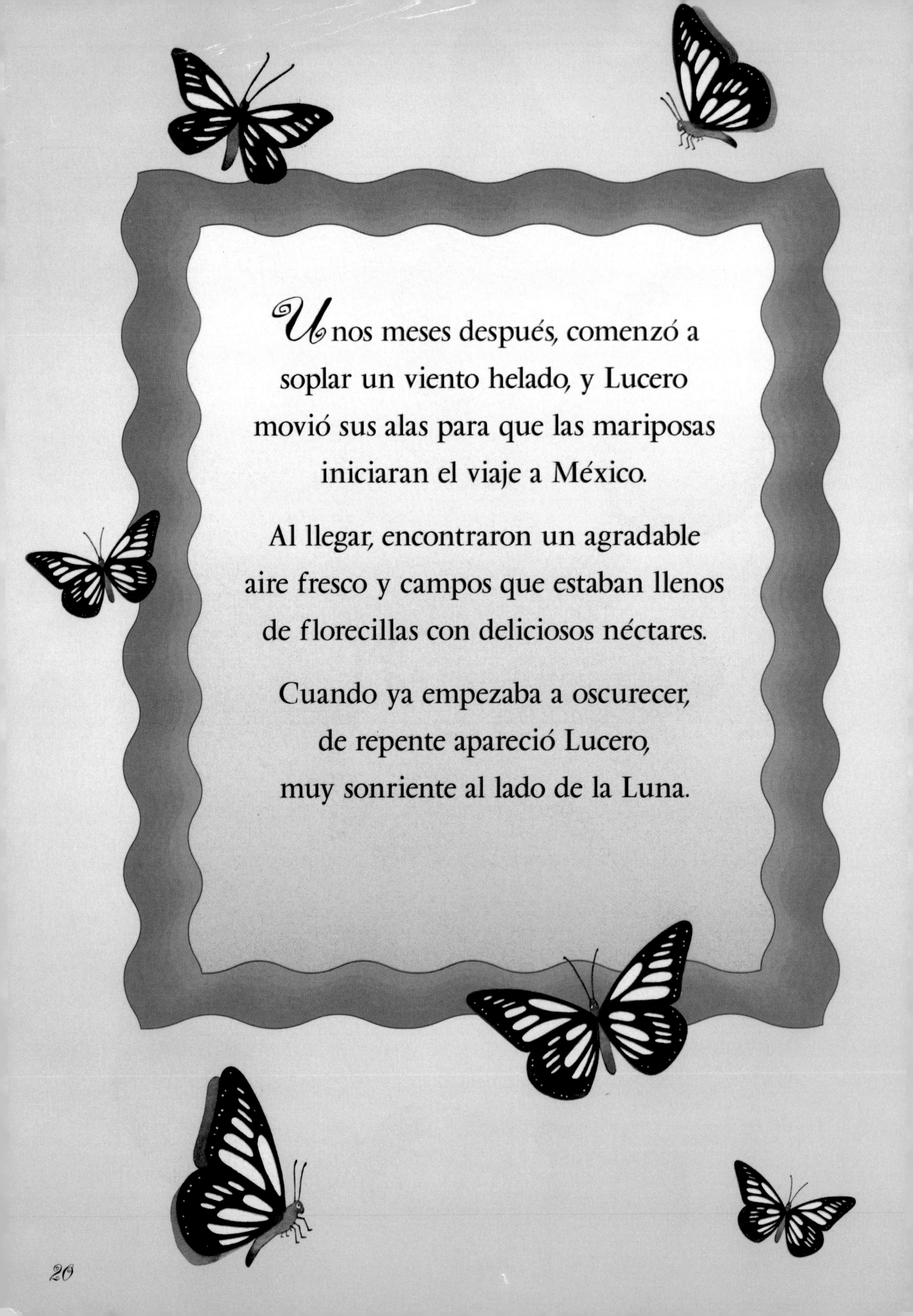

Unos meses después, comenzó a soplar un viento helado, y Lucero movió sus alas para que las mariposas iniciaran el viaje a México.

Al llegar, encontraron un agradable aire fresco y campos que estaban llenos de florecillas con deliciosos néctares.

Cuando ya empezaba a oscurecer, de repente apareció Lucero, muy sonriente al lado de la Luna.

La Luna dio a Lucero un beso lleno de luz y las mariposas hicieron una fiesta en su honor.

Y es así como las mariposas viajan cada año entre México y Canadá, en busca de climas más agradables y comida abundante, siempre guiadas por Lucero, que en el cielo nunca deja de bailar.

El cuento ***La mariposa bailarina*** está basado en las mariposas llamadas Monarca, cuyo nombre científico es *Danaus plexippus*. Las Monarca son una de las mariposas más conocidas. Se las puede encontrar en casi todas las regiones de América del Norte; también en Hawaii y Australia. Estas mariposas son famosas porque migran periódicamente tanto hacia el norte como hacia el sur. Cada año en otoño, las Monarca comienzan a congregarse y a desplazarse hacia el sur en dirección a California y México, donde pasan el invierno. Durante este período de invernación, no se reproducen; pero sí lo hacen en la primavera durante su viaje de regreso al norte.

Las Monarca son mariposas de gran tamaño, con envergaduras de hasta más de 3 pulgadas. Los machos son de color naranja vivo con listas negras, mientras que las hembras son más oscuras.

Al parecer, son mariposas diurnas, es decir que vuelan solamente de día; y, tan pronto empieza a oscurecer, o cuando las condiciones del tiempo empeoran, buscan árboles donde abrigarse y pasar la noche. En su vuelo, recorren hasta 80 millas al día.

El principio de ***La mariposa bailarina*** relata la llegada de las Monarca a México, que, efectivamente, cuando se posan en los árboles a descansar, ofrecen un espectáculo de gran colorido al cubrir por completo las ramas.

Cómo se guían estas mariposas en su trayecto, no se sabe con certeza. Así, pues, el autor de nuestro cuento trata de explicar de forma imaginativa esta interrogante.

Para proteger la población de las Monarca, es necesario que preservemos su hábitat tanto de verano como de invierno. Hay que cuidar los árboles de los bosques donde habitan las Monarca.